都ㄕˋ有鬼

—靈異詩

趙文豪◎著

指導單位：臺北市政府文化局

取材練習曲之現在進行式

陳謙

　　文豪出生於一九八六年，像多數七年級的文藝青年有著相同的學習脈絡，他們在網路世界中觀摩與探究詩文的書寫，關心的多半是自己認同的事物與價值，這也形成七年級生文本多半勤於自我探索的特質。

　　相較於七年級書寫的共同調性，文豪當然有同世代不斷探詢的自我意味，在修辭中我們可見：「兩天沒飯吃，是時候填飽肚子了。今天是我生日。蟑螂從天空跌／下來跑給我追，／（耶比。好可愛）食物，滿街都是粉紅色的觸鬚，好棒棒」一些時興用詞皆能自然入詩，藉以活化語言，灌注文字新鮮的能量，成為源頭活水。

　　不同的是，文豪在生存環境中取材問題、挖掘案源的開拓別有一番自己的見地，

　　他以《都市有鬼》為題，關懷的除卻身邊瑣事之外，都會議題亦為其觀察所及：

> 有個花子住進妳手機，我在
>
> 我在跺著韻腳瞎自猜忌
>
> 排隊等著領取洗澡卡的核發
>
>
> 語音信箱卻害出世界郵差罷工潮
>
> 把旅人的訊息丟在空中，便哪都不走了

在語言的風格上仍屬七年級的自我與任性，但修辭中多了份悲憫的同情與理解，也逐漸凸顯文豪個人風格的胸懷與能耐。

本書以都市為取材背景佔大多數，又聲稱「有鬼」，鬼究竟為何物？鬼其象徵意涵何在？構成本書極大的想像空間。文豪說：「最好是有些靈異或驚悚詭異的東西，成為一齣可讀、可想像、可勾勒、可以畫、可以吃可以玩可以演的詩劇場，那就是最棒了的啦。」文豪認可的詩就如同鬼故事那樣有梗可以吸引更多的讀者，他的詩作同時擁有瘂弦與夏宇的優點，文豪採取了瘂弦詩劇場的型態，人物個性鮮活又明朗，又善用夏宇以動作連結情境的呈現，十足是一齣齣歷歷在目的現在進行式劇場，而他的場景則以這個令你我愛恨

交織的都市為現場。

　　都市詩的寫作，前行代詩人有羅門，戰後出生的推廣者當以羅青、林燿德為主，且在一九八〇年代末期的經營最具能見度，而同期的林彧、歐團圓表現則更為特出。文豪本書的寫作在後現代的情境下已不必定為一尊，他在自序中認為自己的詩作有地誌詩的經營可能，這當然是時下的流行所造成的集體情境。

　　我倒認為不必過早定義詩作樣貌，才有更多文字經理的可能性。文豪藉由他特殊的情節設計，巧妙的呈現人物個性，藉由一連串的動作來完成其詩作與想望，已經具備與讀者溝通的良好態度。

　　　　我的房間有時是海……。但從來沒有人曾告訴我／：
　　　　等待……／應該維持著什麼樣的姿勢？

　　當詩人全然地投入寫作，詩人的房間成為汪洋，在時間裡只要耐心沉浮著，運用必備的載具，相信詩人的等待，那意象與故事的取材，必當源源不絕。

自 序

　　說真的， 有時候真的不太願意再次回想了。 因為自己是個膽小的人。

　　好吧……說穿還是總想把一些所遭遇的靈異故事， 慢慢寫出來。 《都尸ㄕ（都市／都是） 有鬼》靈異詩集， 說是「靈異」， 不一定是大眾所認知而通稱的「鬼」。 到底什麼是鬼呢？ 這個東西， 或許就像是「詩」一樣， 該怎麼說好呢……

　　最好是有些靈異或驚悚詭異的東西， 成為一齣可讀、 可想像、 可勾勒、 可以畫、 可以吃可以玩可以演的詩劇場， 那就是最棒了的啦。

　　故事發生在都市的物理地點， 也或者是在那裡的一種精神產物， 可從「高樓、 捷運、 KTV、 夜店」 等「地誌」 出發， 也可以是「人際、 臥遊」 的投影。

不過自從我開始著手想把一些靈異故事寫出來時，一邊聽歌，旁邊就會出現女生或孩子哼唱的聲音：有時細柔，有時粗獷，在牆壁裡啦啦、哩哩地哼著……

都^ㄕ^ˋ有鬼——靈異詩

鬧鐘經常這樣翻箱倒櫃，睡意是權貴說好的末日忘了來。讓
白髮重新擁有安心的睡姿，和夢經常那樣伸長脖子踩著我的
臉我的夢我的床我字正腔圓的地圖來不及旅行的小鎮有自己
拉長的影子大街小巷都為我挪進鏡前的一畝荒田
在床沿虛胖以後，話說我家臥室好窄在日記虛胖以後，話說
我家臥室豪宅的日子擦撞日子，轉眼盡頭；遠行的家在額頭
———一路靠北。

ㄨㄛˇ	ㄅㄛˊ	ㄈㄤ	ㄐㄧㄢ	ㄧㄡˇ	ㄕˊ	ㄒㄧㄤˋ	ㄏㄞˇ

我的房間有時是海，每天都在想像逃離的

景況在我的房間。我，在椅子上漂來盪去

盯著發光的螢幕，裡頭有一座海：漆成銀白色的

我的鬍子偷偷長了、白了、妳還替我打了一個結

在潮濕的樓梯間失眠，在牆角、桌上、埋在抽屜

的禮物盒裡——掛鐘、手錶，和縮瑟角落的小花

貓都有不斷轉動的眼球。但從來沒有人曾告訴我

：等待……

應該維持著什麼樣的姿勢？

保持一貫的微笑？儘管我

始終記得，我的，眼睛，我，乾涸的口音
儘管有時想到一些沒關係的時代廣場、巴黎鐵塔
和我們奔跑在中正紀念堂，那裡曾經住著
　超級英雄？（送貨員按了門鈴：他在等待
我游不出去。從沒有人領取那個待領的情書）

我房間裡的情人，她的厚瀏海，是一張張的摺紙
我們的眼睛都盯著床沿盛開的蓮花，但是
有天，我的

咖啡，抖落地上，積成小水窪
我的房間從此全摔落進去。

				ㄇㄥˊ	ㄊㄢˊ	ㄒㄧㄚˊ	ㄨˇ
ㄨㄛˇ		ㄧ	ㄧㄤ	ㄏㄨㄟˋ	ㄗㄞ	ㄔㄨㄤ	ㄎㄡˋ·ㄉㄜ
		ㄩㄢˇ	ㄨㄤ	ㄋㄚ	ㄗㄨㄛ	ㄉㄨㄛ	ㄅㄧ
						ㄍㄨㄥ	

幾個星期以前，我剛從刺鼻的初戀睡醒
比一個睡季更漫長。我靠著窗戶邊的欄杆：

我家前面巷子的路不算寬廣
怪手沿路踏濺的黃土，就像下課鐘聲響起
學校裡的孩子，滿路都是，溜著滑梯
在時間所削去泰半的金字塔底座

一顆核製砲彈打向我們的生活。拿著餐券
孩子在桌上擺著剛領好的營養午餐，一天又一天

算數就是一加一那樣單純

他告訴我，生活也是──

家裡一個又一個人的增加

又一個又一個的送走；他長大了

也讓我想起爸爸曾經把我背高高，把我未來的模樣指給我看

就是一加一加一，例如「萬丈高樓平地起」

一天又一天，孩子拉著孩子繼續玩著跳房子

時間無聲傾圮，路看著自己不斷分叉而血脈噴張的頭髮

在方塊的空地，爆著米花般地看著數字

著火，著火的胸膛是明天來不及開的花朵
門票售罄，在我們前面其實可以再開條路。

我在日曆寫滿自己的名字，讓孩子回家練習
在聯絡簿上不斷練習，也在還沒來到的季節先作簽到
一天又一天，每天追著月光
灰暗的襯衫，灰頭土臉，灰色的枕頭上
揮不乾的汗。在工地裡仰望天空
那裏有個不斷在走的大時鐘，人們趕著時間
鐘針如雨燦爛地下，像是高聳強韌的鋼骨插入地面

準備搭建一座最歡樂的樂園

轉角的便利商店，積滿這世界所有的光，那對

父子出來以後忙著，找著

那對父子

故事是從「烈日當空」說起：

聽說　曾被歡笑聲淹沒的游泳池

變身　成一座垃圾掩埋場

聽說　八卦池中的鯉魚

變身　成一盤錢包流血的生魚片

聽說抽脂過後的檳榔樹上掛著

變個大頭啦　菁仔的屍體就掛在樹上

（請默哀3分鐘）

〈現在是工商服務時間〉

老闆說　抹這牌的防曬油

可杜絕陽光侵略皮膚

雀斑絕不會在你臉上跳著舞

〈請繼續收看本節目〉

主播說　台灣旱象持續

政府官員來了！請來賓掌聲鼓勵！！

「諸位不用擔心，我們即將向**上**、向**上**、向**上**、向**上**發展，

上 上 上 上 上 上 上 上 上 上 上 上 上 上 上 上 上 上 上

ㄕㄤˋ ㄐㄩ

ㄐㄐㄏㄐㄐㄥㄤㄒㄒㄒㄤㄒㄏㄤㄧㄤㄒㄤㄒㄤ
ㄒㄒ」

如跳針一再重複，外面的風過大，把字吹得東倒西歪

趕緊找助理把字扶正，不然，向 **上** 發展都要變成向 **下** 沈淪

了，難聽

　神說　傾盆大雨需要掛號，Dr.颱風行程滿檔

　國父說（請大家起立肅靜）政治的餘唾大於貴國的水資源

輪到我說 **上** 兩句　撒哈拉的炙熱　媲美現在的火氣

你說　說了那麼多，我也可以是 **上** 等政治家

【這首詩已經完畢，請維持整潔，將吹得到處
　都是的「上」字撿回來，舉手之勞作環保。】

評等：上

附註：詩名取「夏雨」之意，一乃「夏雨」的情況，諷刺夏天的雨水
　　　不如口水戰，藉由旱災以此謬劇反諷。二指「下雨」，期盼天
　　　快降雨，不然又要飽受停水之苦，三則和「夏宇」相同有探究
　　　詩的可能性與變化性。

ㄉㄧㄢˋ	ㄉㄧㄢˋ	ㄎㄢˋ

0
=

語文基本判別能力測驗

姓名：齊伯芬

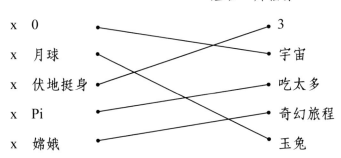

x　0 ── 3
x　月球 ── 宇宙
x　伏地挺身 ── 吃太多
x　Pi ── 奇幻旅程
x　嫦娥 ── 玉兔

評：此生缺乏基本判別常識，須再重新加強。

ㄐㄧㄥ ㄙㄨㄥ

在平凡星期六下午
青春無敵
我什麼才華也沒有
欸欸可是全世界的
佛洛伊德
都在重組偶像團體

沒有妖怪沒有和尚
沒有西經
只有浮起來的棉被

	彳ㄣ	ㄇㄛˋ	ㄕˋ	ㄏㄞˊ	ㄏㄨㄟˋ	ㄅㄧㄡ	彳ㄥˊ
	ㄒㄧㄤˇ	ㄨㄛˋ	ㄓㄜˋ	ㄧㄤ	ㄐㄧㄠ˙ㄉㄜ	ㄗㄠ	
	ㄍㄨㄛ		ㄅㄨㄥ	ㄍㄨㄟˊ			

彷彿每趟歸程都必須有雨，我走到列車最後一節
的車廂。六、七個吧，有各種年紀性別和各種
各種髮量的人像窗口的光，殘裂卻個別被安插在
每一排的座位

滴在車頂的雨，像沈睡了的舌頭，搜刮應該擁有
的聲音。而我是白色的，好輕，正在覬覦另一雙
應該被看見的美腿

車廂裡好沉默，我想只都有點累了。窗邊的中年

男子：髮禿、圓肚，笑開還可以見到一口斷續而
參差的黑牙；他將吃剩的蘋果核和蒼蠅頭，丟入
紅白塑膠袋。丟在應該是妙齡女子（因為她右臉
纏滿紗布戴著口罩但有一雙美腿）的身旁空位，
蹣跚的腳步鑽入女子的隧道

火車鑽入了隧道──

就怕分心看不完的小說。回家的旅途，我把耳朵
割下送給隔壁小男孩。摘下兩朵小黃花，盛滿
所有尿液被花費完了，男人走回來了⋯⋯也拿回
袋子，繼續啃食他的食物男孩伸出他稚嫩的兩指
把太偷偷的愛意，挖進自己眼窩捏住眼球，彈出

隧道

喔喔！我說的這場未竟的
雨啦。我想「生命太短，還是必須即時遺憾」

「終點站到了。」彷彿說好似的，身旁的乘客
醜的美的高的矮的掛了的

通通站了起來。手
牽手。下車去。只有我還在位置上

只有我還在位置上等
永遠不會到的那一站
有語，我聽不見

xu04，bp6

我的嘴巴經常動個沒完沒了像末班公車尾端那老婦人對著車
窗講話、吟唱，甩著：她的時間如溼漉的髮彷彿每趟歸程在
路上積滿　光
　沉默都很燦爛的夜晚（我的時間有時向海）；至少便利商
店是亮著的，**老姊**妳拿出當初為了求職準備的X光玻璃片。
獨一無二的
節慶：煙火，我們的、蠟燭，妳的、高明的發獸在目中
無人的魔術。親愛的，
妳指著路經的餐館裡，被重新打包的夢還有
在那裡散步的狗和**吉他手**。

我決定遞出

一枚擅長森巴舞蹈卻總是沒睡醒的名片；保姆**老姊**

啊，經常不睡在裡面。妳吐出一口斷續的**黑牙**，摻滿

芒果心和蟑螂頭，倒入我的鮪魚罐頭。溫暖地讓我想起家

，想起那樣滿置情人那樣

那樣的：花季、破口大笑，然後然後在我與她相遇的雨季，

為她細心摺好的厚澍

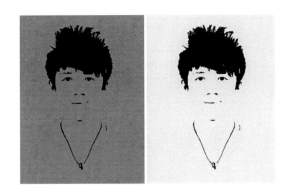

海。嘩啦、滴答，噓──我們在中華路、中華路

還有說好下次去的**中華路**還有（還有流放到抽屜、課本、單

音節的**履歷表**，那裡充滿的黑夜，我甩著著了魔的胸膛），

趁紅燈我們把舞跳得像

海。向海，我的房間。窗的，**老姊**的，我的

我們共同覬覦的。風景，共同擁有的舌頭：**練**

人

註：El Mariachi說過，讀詩、吃餅乾可以保持重心。

	ㄉㄩˇ		ㄉㄧˋ		ㄅㄠˇ

兩天沒飯吃，是時候填飽肚子了。今天是我生日。蟑螂從天
空跌下來跑給我追，

（耶比。好可愛）食物，滿街都是粉紅色的觸鬚，好棒棒；
我抓住那輻射的網，拉出國中時去補習班前必定報到的自助
餐店。「老闆，你回來了，別太想我。」準備舀起最愛的瓜
仔肉，老闆變成搖頭娃娃。太久沒看我來買？他生氣？只好
在他眼前用力插進

湯匙，他推開我的手。眼看客人紛紛把這熱騰騰的菜盛完。
我快……

哭了；流浪漢拍拍我的肩膀，他的長髮一副漲滿歡樂節慶的
勃起

分給我美味的布丁，濕濕黏黏的（耶比。我愛番茄醬）

才吞兩口，老闆就把我拉進廚房。打開絞肉機蓋子拉出那廚
子他剩餘的後腦杓，插進的湯匙上沾滿濕濕黏黏的蒸蛋；還
有順時鐘被撕出

的一片片臉皮寫滿食譜，慢慢凹陷。地板上是不斷啞叫的雲
層

我負責把鼠肉絞成泥讓螞蟻磨成紅色辣椒醬，老闆忙著甩著
廚子的胸膛，我們

成為跳舞的海

我們的快樂我們共同點燃

一根鮮紅色的蠟燭：穿過生日遊慶，也為廚子慶生
我把手伸入那只剩肉汁的絞肉菜盤，一會兒，廚子重新被我
拉回，
除了那雙專門製造美味的雙掌

左肩的島上，盲人一枚

想看畫展──

被我家對面盛開的巷子吸進

橫七豎八地伸展，然後拐起奇怪的彎，繞來繞去，被交岔

又分裂成一雙練人，

再貫穿右腳數過來第十二條腸子爬進那條剛剛

似曾相識的路，原地366度右轉。

                                    據「她」在錄音帶裡的留言；

他，那位大叔，看不見的。選定那個不斷
滲出水的地方，是的，他以為那樣的沁涼，是因為走進畫廊，
那天
空，是潮溼的？大叔以為冷氣壞了。所以舉起手裡的棍子
揮，舞，成一面拍子
匯聚焦躁如我沉默的鬼般，回擊來往的，球吧？一邊也往上
頭戳了無數的，洞
刺透的眼珠，一枚枚的戳下：黑的、藍的、還有

　　　　　　　　　　　日系螢光放大粉色系；他們

　　　　　　　　　　　　是走失的，蓮蓬頭——

數以萬計的洞即將再次爬滿，發光的眼睛

一群學徒沿著聲音摔下了海。醫生蒐集撿到的

眼球：漆黑的月光、星藍色的淚痕、還有

還有跳不出的夢幻粉紅煙囪……

ㄒㄩㄥ	ㄊㄤˊ	ㄩㄥˇ		ㄌㄞˋ	ㄕˋ
ㄊㄧㄠ	ㄨˊ	·ㄉㄜ	ㄏㄞˇ	，	
			ㄏㄨㄛˋ	ㄓㄜ	

啊不就好棒棒

蜘蛛在那織出兩條並列的座位，直到**有個男人**扭開門把：像

是

替它溫馨地削著水果，一邊口中念念有辭：ㄕㄚ—ㄕㄚ—

拖著過長的果皮，在屋裡來回踱步。他搜刮白皙的雙腿，慶

祝

大叔跪在草莓蛋糕之前，上面插著**一根**流淚的鮮紅**蠟燭**；準

備*倒數時間*

他那鐘面的針僅留下**一條**修長美麗又可口的**時針**，他氣壞了

想*把時間扳開*

欸

欸

我

跟你說

其實，有時

一份適切的建議

倒不如乾脆的賭氣

						ㄒㄧˇ	ㄐㄩ	ㄋㄧㄢˊ		ㄅㄞ
					ㄐㄧ	ㄋㄚˇ	ㄧ	ㄊㄧㄢˊ	，	
ㄖㄣˊ	ㄇㄧㄣˊ	ㄍㄠ	ㄐㄩˊ	ㄧㄣ		ㄅㄞ	ㄙㄜ	˙ㄉㄜ	ㄏㄞˊ	，
	ㄗㄞ	ㄕㄞ	ㄧㄣ	ㄙㄜ	ㄌㄧㄢ	ㄅㄞ	ㄌㄧ			

大叔把自己畫在牆裡面，和當初他擺放的：他的太太

（許多住在隔壁的大學生，經常從圖書館裡偷翻出牆：來這

洗澡

裸身面對生活——寫不過的生活。他們是被賊

掏空的。於是，連時間都捨不得眨一下眼）

他的太太依然被掛在浴室蓮蓬頭的夾層上，每當有人在洗澡

她看著；他，看著每一個人正面的，裸身

戍守在那間客廳裡頭，那一枚，大叔，甩著胸膛跳舞：甜蜜
地哄騙

那一天，**她**不小心又作對了事，丈夫把她推進刀子裡，後來

她在他的海上爬著，綁起他那血脈賁張的頭髮。好像盛開的
巷子，分裂又交岔

在十二指腸的位置，穿上了那位大叔：甜蜜的
初戀喲，爬進那條似曾相識的路

到了今天，換我戴著**她**的臉皮，著火的胸膛是

　　跳舞的，海；

或是跳海的舞，明天、後天，大大後天

這種種的故事，是沒有人可以輕易滿足的。

ㄑㄧㄤˊ	ㄅㄧˇ	˙ㄅㄛ	ㄏㄞˊ	˙ㄗ

「直到花季，我們就會擁有一套完整的身體喲。」

這是我經常告訴兒子的話。就這兩句、兩句不多吧？可他經
常記不牢。明明我自認是個天真善良可愛無敵又負責任的爸
爸好比
在平日，從人們用指尖在鬧鐘頂上
移交清晨開始：時間不斷膨脹，從褲檔到馬桶。爆炸
水窪裡，爆炸，上班以前記得跳舞，在夾縫中，在他們的指尖
但是我的兒子，容我告訴你，你，經常，經常沒有耐心，沒有
耐心，

34

我實在很生氣。所以我準備了這面精緻的牆，我把我的兒子
藏在那裏

雖然沒有門。但你可以在牆裡自在的爬行，沒有額度的哭鬧
（你的母親她則是住在那夾層的天花板裏，我還為他用黑線
描下最性感美麗的胴體作為紀念）你們可以在那裡盡情地挑
戰我的耐心

啊，對了！你要記得，那裡有窗，有人經過時，記得跟她打
招呼

歡迎找他一起來玩。來看看我們父子倆的豪華的收藏品

用盡全心來期待那個大紅花季吧！

在牆裡，我把我的孩子藏在那裏。沒有門，她可以躲在她的

爸爸我的孩子

你是否曾用手指，掰開我的唇瓣

扯破那張時間之前的薄膜，穿過，在海裡縱火

那時你的髮香是鱗

我的孩子經常不住在那裏，

「直到花季，我們就會擁有完整的身體。」那時，你，我的，孩子，經常不住在這裏。容我提醒你，孩子，我的孩子，容我提醒你倆句、倆句應該很簡單

吧？可他經常記不牢：

忙著讓自己的名字活著的時候，每天都是一次的死亡一點也沒有停下的樣子。在這顆奇怪的星球上奇怪的人們奇怪你的髮香是鱗，傍晚海裏鬧哄哄的時間縱火以後，將我們的臉皮一張張用鐘針掛在牆上。儘管遠方跋涉來到的救火簡訊

讓我忍不住顫抖……

→冷清清的。桌上有多餘的水杯

注滿半杯水，除了一點漣漪

什麼也沒有發生，也

人沒敢拿。←

你可以說這是無可救藥的

玩笑，總而言之這總總還早的事是沒有人可以輕易滿足的。

在那個大紅花季的時節

☺

孩子，你有多久沒有整理床下？

不如就用這個剛下完大雨的夜晚。

看看裡頭，是否有多出的頭髮，

嗯嗯，你可以想他是爬進去的，

那麼如果你是短髮,那裡頭的不斷長長的長髮怎麼解釋呢?

(或者相反)沒關係,不用害怕～～

你可以當我是胡謅的,

就用今晚來做個實驗吧,

就用今天美妙的夜晚,打開你的電腦,

選定一首你熱愛的搖滾樂,把燈

通通關掉。然後躲進床底下(或是拉開你的床),

在那個位置上,

就用著「大字型」的身軀，面向著地板，

輕聲說著：

「不要丟下我」

ㄐㄧㄠ		ㄧㄡˇ		ㄧㄠ		ㄑㄧㄥˇ

1顆傻瓜，1對杯子，1瓣剩下的小蜻蜓。「我的驕傲，我
把小美藏到1個沒有人可以輕易找到的地方。」嘻嘻
又有新玩具了；哈囉！
小金妳好。「上次的那個她我不小心讓她發芽
只好剪下來，穿起來」喜歡我的新衣服嗎？
妳愛玩牌嗎？我還準備了1塊小而美的草莓蛋糕來慶祝我們的
交友邀請
讓我又熱又皺的手，扶著妳，把值得紀念的日子切出來。我
們

1塊

接1塊。在又熱又皺的太陽底下,躲在冰箱裡,把沾滿草莓醬
的
大腸都拉出來。這是我們各自擁有的樓梯,快來我們的閣樓
吧!
一起欣賞花火欣賞節慶所落下一地的
面膜。杯子。時鐘。
在鐘眼處:我一直看著妳

「我一直在看著妳。」

在漫漫原野裡，我們彼此生活在個別的族群裡；我擅於奔跑，你習慣獵食；我相信我們——曾經對望。且，一直想去認識對方。

終於我「狠」……開心，現在可以一直看著對方。
連時間都捨不得眨一下眼。

在這間客廳裡頭。

	ㄇㄟˋ	ㄊㄧㄢ	ㄅㄡ	ㄕㄡ	ㄧˊ		ㄎㄣ	ㄉㄛ
ㄙˇ	ㄨㄤˇ	，	ㄧˋ	ㄅㄧㄢˋ	ㄧㄝˇ		ㄇㄟˋ	ㄧㄡˇ
ㄊㄧㄥˊ	ㄒㄧㄚˊ	˙ㄉㄜ	ㄧˋ	ㄙ	。		ㄨㄛˋ	ㄕˋ
ㄓㄜˋ	ㄧㄤˇ	ㄕㄨㄟˋ	ㄈㄨˋ	ㄗˋ	ㄐㄧˇ	˙ㄉㄜ		

忙著讓自己的名字活著的時候，在那顆奇怪的

星球上，奇怪的人們。

傍晚車道鬧哄哄：默禱在時間崩壞以後

盛宴日漸模糊了——我們的臉

儘管遠方跋涉來到的簡訊，讓我忍不住顫抖

名字冷清清的。桌上有

多餘的水杯，注滿半杯水，除了一點漣漪

什麼也沒有發生，也

沒有人再碰。

你可以說這是無可救藥的

玩笑，總而言之，這總總還早的事

是沒有人可以輕易滿足。

一天快要結束了。

她迴到家了，如往常熟練

以關門的一種方式：

將房間鎖進累得快要躺下的凌晨

微笑地把渾圓的皎月掛進衣櫃

「仍然中秋。」吐著舌尖把蘋果削皮

一絲絲鮮紅色果皮沿著枕頭流了下來

我撥了電話，竊聽隔壁沒打掃的夢境

磚塊裡埋藏著每塊皺褶而潮濕的聲音

轉動的門把扭斷了高音

她到家了，如往常熟練

關門的一種方式。

　　這是我某次到精神病院探望親人時，有個男人親口跟我說的故事：

　　「那個女人，就是精神病院裡我們說的老姊，他們家裡是米色的壁紙、米色的門、米色的書櫥，除了拖鞋，那雙母親最愛的掛著小花的拖鞋。她始終沒辦法忘記母親最後臨死前託付著她的手，直到手的垂下；她一直無法放下，對於母親的思念。

　　於是她繼承了母親的拖鞋，繼承龐大的財產，也繼承了她的兒子。那女人開始歇斯底里，不斷懷疑著那個男人在外

面搞外遇，在家裡是這麼認為的。她想要的自由，她終於得到了！可是他卻覺得家裡所有的東西都困住她了。所有米色的。

　　她竟然將壁紙撕下了！她終於獲得自由了！她解脫了！直到來到了病院，看到了媽媽。不，應該說是很像媽媽的胖女人。於是她把拖鞋還給了母親。」

　　後來後來，那個男人，被護士帶了進去了，已經。

這故事太寂寞，禁不起孩童在夜半嬉鬧的半點聲響。重病的少年，有天突然身輕如一輛載滿圓餅的推車，旁邊駝背的老婆婆推著車：車下兩顆金輪子輕脆作響。她把車輪餅分給少年。車子不小心跌倒在那條人來人往、香氣紛離的時尚大道上，路人的頰上都用力盛滿亮眼的時光，暈在一抹紅霞殘照的小道，還有那輛，發燙的推車，倒在

哪裡？

53+

有個花子住進妳手機，我在
我在踩著韻腳瞎自猜忌
排隊等著領取洗澡卡的核發

語音信箱卻害出世界郵差罷工潮
把旅人的訊息丟在空中，便哪都不走了
「喂喂──家住野柳的花柳先生
您噯，我把花子送進去陪你好嗎？」

等等等等，我的桌面構思成雪

頭殼負責繁殖與分裂

手抄，春秋白日夢

夢搖不醒秋天，卻把夜日的交觸

搞成太曖昧的丘陵

邊泡茶　裸泳，不小心將自己給講完了？

曾經刻骨銘心，至少我以為的

「聾子聽到啞巴說瞎子看到鬼。」
記得，你是孤獨的

已經說好習慣
從你的黑夜默片回憶，自導自剪
縫製擁抱，自以為完整的背影

初夜，雨，獻身
在濡濕的棉襖裡超用力呼吸

將乳白色的蛋，孵化成兩個甜美的夢
於是愛得好累

說好，已經放棄說好故事的能力
日出覷覰我們太過幸運
你說你害怕閃到瞎的光明
還好早在開始
我就已經有了迷路的心理準備

ㄉ一ㄡˊ		ㄉ一ㄢˊ

一、等待

凌晨，拿起指甲刀修葺這座太過修長的城市，
剪去一個一，肉上的夢已經空了。
假裝人生再長一點，
替零碎的雪絮留下適合輕輕
落下的位置

二、漫遊

總有一天，我們的嘴裡只剩下天氣

喉結長滿了十三月的白楊

等候成爨雪氣候

我可能不再愛妳

因為我會慢慢衰老，然後

打不開世界甚至打不開安靜到可以裝進

自己的罐頭

三、於是

總是輕易就黃昏
胖了思念，瘦了時光

每一天都是最後一天
每個夢都只能活個夜晚
渴望寫句情詩給妳：
傻瓜。

	ㄐㄧㄣ	ㄧㄝ	ㄧㄡˇ	ㄩˇ ，	
ㄊㄧㄥ	ㄕㄨㄛ	ㄗㄨㄟ	ㄐㄧㄣˋ	ㄌㄧㄡˊ	ㄒㄧㄥˊ
ㄧ	ㄓㄨㄥˇ	ㄕ	ㄇㄧㄢˊ	ㄉㄜ	ㄅㄧㄥˋ

今夜有雨，聽說最近流行一種失眠的病

手機裡終於沒有任何未接來電

銅板在桌面上練習倒立。

我是一無所有的故事，再一頁

有時候還是會為了寫不好一首詩而流淚

等待滴落，走回屬於你的時間

搭上午夜十二點的捷運

列車穿過音聲的河，唯有這段時間

到處都是座位，適合安插雨季

妳說我記性越來越差，等著妳的愛手剝開
熱騰騰的春日夢，收藏進懷裡──我們
的不倫受到整座城市的監控
唉唉：

寬鬆的夜晚太過妖媚易縐
摺好單調的中年，整理好
那些反覆的月光與氣味，等著萌芽
日漸豐腴的身體忘了換季
脫了線的愛妳是傳染病

我為妳在屋頂上放煙火，妳卻
仍然裝聾作啞，微笑
夜火兀自跳舞。
遺失來自，沒有方向

晾著那些難以名狀的絲絲慕慕
妳還是快走吧！等到今夜星火
給一口氣澆熄，我將自己鎖進去，
騷動的陰影淹沒了：微微笑

	ㄐㄧㄡˇ	ㄑㄧㄥˊ	ㄇㄣˊ	˙ㄅㄜ
			ㄨㄟˋ	ㄐㄨㄣ

衣櫃涼了，然後我該怎麼告訴自己
在第七天，妳圍巾上
的氣味像
空谷被爬滿的蘑菇淹沒
像沒有靈感的寒夜被沒有口音的雨
擦過月台，在陰暗的隧道深處
比深夜遠一些

妳圍巾上的氣味轉述那些我以為的

這裡不是人待的，然後

在那候著，有夢

有夢比涼了的床鋪再深一些

	ㄒㄧㄤˇ		ㄅㄟˋ		ㄧㄠˋ		ㄗㄞ
ㄊㄢˊ		ㄏㄟ		ㄑㄧㄢˊ		ㄅㄧˋ		ㄧㄢˇ

暗自坐在那個老位置

勢必要趕搭上傍晚六點的車

就像被舉起的，生活

充滿重量的

旅人們站在岸旁

等著時間靠岸

妳曾經在那裏，那個老位置

在船上，每一個人勢必都將睡去

曾經在那裏

踩落凹陷的足印

想必要在天黑前閉眼

青春偶然流經，

而我們的遺憾還太年輕

ㄍㄨㄢ　ㄩˊ　ㄒㄩㄝˊ，　ㄏㄞˇ　ㄧㄡˇ
　ㄕㄨㄟ　ㄧˋ　ㄇㄢˇ　ㄧˋ　·ㄉㄜ
　　　　　　　ㄑㄧㄥˊ　ㄖㄣˊ

「你向右搖，我往左晃」

雪是這世界最歪斜的零件是讓後來突兀的岔路

變成互相交錯的齒輪，轉動胖胖的道路胖胖

的樂園裡販賣胖

胖的空氣，胖胖的你

醒來。

ㄎㄞˇ	ㄕㄞˋ	ㄇㄥˊ	ㄕㄤˋ	ㄅㄛˊ
	一	ㄅㄨㄟ	ㄌㄧㄢˊ	ㄇㄣˊ

晚餐後，突如其來的大雨

餐館外面的我們措手不及，

躲在腳印後面，時間在霧外

一邊細數著哪天我們把月光種得越來越高

語氣停留在妳厚重的新瀏海

過境這樣充滿旅人的雨季，

我們都有各自應該去肌腸轆轆的情緒

指著同一株的那個睡季：把夢小心翼翼地，倒進罐頭

那年我們的房子好小，

心好大。我們攜帶彼此，每天都在瞭解我們的名字

瞭解我們。後來雨聲小了

億萬個氣球終於拉回天空

是否我還能想起彼此相遇的天氣

當時的花季、破口大笑

還有霧散去後悲傷的練習，後來

我們把話，都遺忘在指尖

那裡不再有妳聲音的香味

道路的表情漸漸清晰起來

只是背包的拉鍊才剛縫好又不小心撕裂

就像是一次神秘的冒險，

我將手指放進了嘴裡。

咕嚕、咕嚕的

眼睛是多話的表情

像大雨前的飛蛾。媽媽

牽著我的手，我睡眼惺忪……

媽媽說：「剛才夢到什麼讓你這麼開心？」

在某座棉花糖城堡裡，

乳白的、粉紅的、蔚藍的、亮黃的、繽紛的

丘陵上的我，盡情打滾

這就像是一次神秘的冒險；

我將雲絲放進了嘴裡，咕嚕、咕嚕

仙子圍繞著我跳舞。我的表情

像是拉起天空的億萬個風箏，

強烈的電流痛擊我的城池

白的、紅的、藍的、黃的、繽紛的

魔鬼率領著億萬顆星星痛擊

　　──啊，我用糖果球還擊，那塊丘陵因為
恐怖的戰爭，只剩下發黑而凹陷的窟窿。

醒在太空座艙上，太空人叔叔脫下他的面罩
　　　　　　　　　將那塊破敗的丘陵
　　　　　　　　　擺回地球的煙囪上
用憐惜的眼神，看著兔寶寶受詛咒的夢──

　　　　　　　　　那顆，我今天拔的牙

發佈迷路，故事的長凳坐滿了等待
我們都弄丟了眼睛，揮揮手說再見
起初沈默，腫脹
左手、右拳頭：攤開──離人節

閃爍的燈號是有節制的問候
念念不忘。那陣花香十三月依然多情

樓梯間，我們的腳印逐漸萎弱
踏下，離故鄉
路已經拉太遠，回音追不上
於是學起插隊；乾脆打包眼睛

拜託純情出了錯，用夢作藉口
撕開一夜一夜的月光
把胸罩，燦爛地攤開
踏過私處，一步一道，縫織光

ㄑ	ㄑ	ㄉ
ㄥ	ㄥ	ㄜ

寫句詩,在一盞白沉沉的月暈

比塔上還長,戰火趕著萬家燈火推進編輯室

時光沿途追問:比小說還小說的故事

眼界抬起大飢荒,失去依靠的詩沿途流浪,追索白色的花朵

巧遇七歲故鄉。番草從孩子輕輕的眸裡

共用一把鑰匙把草原打開,為了讓遠行的家找到門

那年星空好輕,島嶼輕輕的彎腰

幾個夢的骨頭盛裝起海藍,這樣厚重的翅膀卻壓痛了天空

乾脆自立肩上無數個筆名,我們寫

「寫一首比我們生命稍長一點的作品來。」

——坎伯（J. Campbell）：「夢是一個人的神話，神話是一群人的夢」

那只是一枚盛滿影子的空瓶吧

那次的畫展，我看了。有許多可口的水果

在那張空曠的紙上，比雪的指尖更輕盈更有理想

還有各種形狀各種口音和不同被誤譯的口味

例如好多好多的美國蘋果、吐司、水梨、金蕉，還有

一枚連特價標籤都不起眼的小黑瓶——在那座空曠的

城市裡，比病痛來的還要匆匆，時間

緩緩穿過，你

穿過的雨。憂鬱的癌像

那夜像沒有靈感的

寒夜；沒有口音的

雨，現在沒有住址也沒有門牌了。

你的黑眉毛上，善於打呼的灘岸

再來，把島澆熄在胸前、稿紙上，爬滿的蕈菇

淹沒那股氣味、睡意，如蟹足

爬行，應來的海嘯深處

比深夜還遠一些⋯⋯簡直是不可理喻。

就算雨

有靈魅的舌頭，夜

是流淌的海。

過境這樣的雨季，我們應該都要有

各自去肌腸轆轆的情緒

脫隊的夢境，滴答滴

答滴滴答，書頁都已經笑得荒山遍野

那列車上的老位置，你一直淌在那裡

與那場大雨過後，不斷被打包的

集眾滋事的房間，窄短的床上還留下一封

簡短的小說風景：

你整天都在屋頂端裡逃竄，其他人等著時間

靠岸，都將勢必睡去，等著醒來的另一個夢

「這世界就是因為找不到真實，才值得活下去。」

手機裡終於沒有還沒滑開的罐頭簡訊

列車剎過時光的海

你是否能想像，在這個時代，

我們把話，都遺忘在指尖

削開了傷口一邊歡唱——隆地隆地

攜帶彼此的兩個名字，

每天都在重新瞭解我們

■台灣作家七等生以特異而陌生的文法，《我愛黑眼珠》大量處理
「現實」與「理想」世界的衝突，廣泛引起文壇的討論。

另，小時候的七等生，便曾有次在上素描課時，因不想與同學爭搶
素描靜物的位置，遂獨自背對著大家畫出一個小黑瓶，事後遭到老
師嚴厲的懲罰。

	ㄧ	ㄓㄨㄥˇ	ㄋㄧㄢˊ	ㄕ	ㄅㄛ	ㄇㄤ	ㄕˋ			
								ㄍㄟ	ㄨㄞˋ	ㄆㄛ

鑰匙在生鏽的時間上，勉強發獸

鄉愁是唸著一首詩的路上

小時候喜歡寫詩後來

信件舉家北遷，一眨眼

滿階大雪。

瘦長的燈管撐住耳朵撐住睡意撐住這個快要躺下的天空還是

臥室的

夢怕黑。

等等，肉上的夢落葉滿街

等等。夢已經長出一些肉
愈來愈多的老時光聚集喉結
但唸詩是困難的，眼睛是海
幾封家書就夠她去海角天涯
依舊惜字如
長滿白楊的一部經

驚蟄

哄著外婆輕聲入睡
天堂被妳壓在脖根下，把夢睡得像座山

突然逗點，

敲起滿城春雷──

打呼天，愛還來不及成年。

「今年春天來得特別早，說好明天一同旅行喲！」

芒種

妳拉著我的小手在每本作業簿筆劃

名字來不及寫滿，我已經老得太快

梅雨那樣熟記妳在床邊講的童話

妳金孫正在和他的學生零碎背誦：
「……所以要用功讀書，孝順父母」

越來越熱呢，從我們的衣櫃裡拿出短袖的衣物
除了呼吸，我已無言以對
思念越來越胖，明天我想也走不了太遠

白露

膝蓋本來萎縮,照理笑醒應該一跳
就跳上窗台,像俠女
總是在市場裡牽好我的小手的妳
像俠女,哪怕有五百六十關,一邊
大力殺價、一邊炫耀妳的可愛金孫
只是後來記憶經常迷路,像糊塗的俠女

糊塗的俠女要過橋嚕
我在落葉揚起的歡笑聲裡學著哭
跟著木魚划向妳
好像只剩失眠，妳才在霧裡，微微笑。

冬至

妳買完菜回家，如往常熟練。轉動
門把，扭斷飽滿的圓音
「阿嬤，讀冊回家阮想飲蛤蜊湯。」

醒後遠方，隔岸故鄉

在萎落的花芽之間，撕去日子

顯得這世界的夢想越來越薄

「這個世界天使太少」，妳說。

乾脆把天空綁好的鞋帶，一絲一絲拉下來

當少年轉身離開，才發現自己曾經擁有少年

清掃是簡單的，只是隨手把門關上

88+

□□（ㄏㄡˋ ㄌㄞˊ），□□（ㄨㄛˇ ·ㄉㄜ）

隨手翻閱，輕而小心的

口音被削瘦成不斷伸出的路標

後來遺落。某本書，

夾著一片日子，往潮騷的遠處

擁擠的雨天裡，晚點名

搭著捷運，旅人橫渡煮沸的海

有光，抽芽的背影

後來

朝著車，盈盈的水光狠狠刷
濺，面對情緒有各自的飢餓

陽光很好，不要用手去擋
幻想現在所無法參與的事
可惜那些時候還太早
在天色相互擁抱以前，幻想
不屬於我的顏色
在陽光被吹落，後來

追回至少屬於

我的

邀妳一同變老

時間與夢已經沒有意義,至少

我們活在一起

	ㄏㄡˋ	ㄉㄞˋ	ㄉㄜ˙	ㄨㄤˊ	ㄗ˙

此刻，星星一點一滴亮了

我撞見一位孩子，他喜歡環遊世界
他身上，裝滿太多太多腳
將異國的眾數
嘗試平均他所遊歷的故事
看似風揚的波峰
底下卻生活著無窮無盡
除不盡的變數

倦了，於是他斟滿幾杯酒等年老，

喊頭疼，叫醒格林的夢

柱著杖、跛著足

向死亡道歉，向生命道歉

家裡的燈，已然沉默黑成一片

明早，等待敘事

重新閱讀這塊世界——

準備夜歸的路口，還是一派沉默。

我的耳朵還是期待一事無成。夢到一趟旅行，違禁的舊時間
被藏進行李袋裡；只找到一間舊旅館，被四周的沙漠所包圍
著──天空是螢光綠的、降下來的雨是金黃色的，還有一些
帶著展開的雨傘展開的，卓別林

雨天以後，天空還是一派幽默

把海倒進眼裡親愛的，千萬條魚從墓穴裡游出了。啊終於，
這裡可以成為僅供觀光的廢墟。除了觀光，這裡沒有光；只
剩下一箱比深海更深的黑暗，還有千萬根

來不及喊痛的針

依舊被風吹開的窗，吹開的月光；依舊等待幸福如光的清晨，等待失去，等待你遲早說過的失去你早說過的詩句，喃喃幾句就剛剛好讓滿盆大雨打散幸福如光的那雙眼睛
那次吹開的

此刻，夢一點一滴醒了

	MSN	ㄉㄜ˙
ㄑㄧㄥ	ㄔㄨㄣ	ㄕㄡˇ	ㄐㄧˋ

被《海角七號》感動落淚的N說：「到底在成長的路途，我們留下了什麼證據？」

剛剛哼著「流浪記」，不經意將時間弄丟了。在很久以前，你有許多夢想寫在「未來」。時間卻也不拍拍你肩頭，在不經意中匆匆經過。你閱讀到日子在他人臉上摺過，直到自己到了鏡子前，配合幾次驚呼！

就這樣毫無預警地長大，似乎不是在8歲時所期盼的18歲那樣。於是你說好遺憾、好氣餒，在17與18的板塊運動，你想一直攜帶著的「期望」，太多的意外、以及出乎意料，讓

你學會放棄和逃避。「投降放棄」總是比「面對失敗」簡單上千倍。

　　身旁的風景太過銳利，割破你的記憶，你連結了這座城市的改變與記憶底走過斑馬線時並肩姿態，趁著行人燈還是綠燈直達你胸口的那塊，那塊苦悶、空洞？

　　你說好像青春即將離你而去，既惶恐又帶有一絲排斥，你鑽進了藥妝店想找找制抑歲月成長的藥方，是否能讓時光短了一截。於是你閱讀起一尾尾遊走的青春，偶爾大夥兒聚會圍成一圈，彷彿曾未消失。但那些如夢幻般的青春，就像摩天輪一樣，璀璨過後終要下車。我們淋沐新的願景，勾撞

原鄉，即使「寂寞」不斷地想要長大。就好似共同的信仰，
應答了久候的流浪；月光曬乾記憶的影子，故事又落腳在哪
次錯過，我們便反覆規律地，在日益擴張的鋼鐵叢林裡，奔
跑，奔跑！

原來，關於天真、仰望、渴望持續著發生。

　　N，你說你被海角七號的七劍客感動，說著那部戲的幽默
時，螢幕前似乎看見你活潑舞動的姿態，你用著MSN想再進
一步的和我多說一些多講一點，但是你不得而知我的表情。

你說想為自己的青春找點回憶，也想看見不同的人成長到底是做了什麼。

有些人比較熱血，暱稱總是「中華隊加油」，「拿金牌回家」，抑或唱著他們的特殊格調，寫成一行夏宇的詩，一行文字看來昂然挺立。又或者，做著備忘錄，提醒自己開學時間、活動日期，通知大家自己存在的證據。

N，我們的MSN暱稱不就合著一本「青春手記」。

把每個時期的MSN暱稱記錄下來，不就是大家成長的回憶。他們做了什麼，而我們為自己做了什麼了嗎？

這時，你沈默了幾刻回應我：「：）」

我們彷彿相視而笑。

ㄒㄧㄠ	ㄩㄢˊ	ㄇㄧˋ	ㄅㄨˊ	ㄏㄨㄟ

後來我把一張張發票夾進書裡；不在乎旁邊的眼光。

由於放學以後，到補習班上課都還有些課餘時間，我會在這裡，吹吹冷氣，揀些五花八門的書來翻翻。

在圖書館裡，有各式各樣的書種；從美妝雜誌來幻想自己，到學個幾句英文，或許哪天就會派上用場，也嚼嚼文學，看能不能文青些。那時，我以為這裏就是涵括所有知識的宇宙，本來都這樣認為的。

啪！

　　為了想重溫哈利波特，卻不知怎麼會被擺到第二層之高，只好用盡全力踮起腳尖想拿到那本書，卻意外勾到隔壁那本書，「害他跌倒」到地上。正蹲下把書撿起時，意外看到書裡的小紙條如雪絮般地飄出，我將它拾起，

　　「詩人。清單……」

　　在這些文字後頭，我開始找著他所標明的詩集們。滿臉狐疑，卻又充滿好奇，於是我找到那十幾本的詩集，意外發現翻閱的皺摺是幾乎看不出來；一致的是，有的裡頭用鉛筆

為詩句寫了眉批,在書籍末頁的借閱卡都僅蓋一格。

於是我把他清單裡,那些還沒有借到的書,通通借走了。

一個禮拜期間,我把自己模仿成一位詩人,把詩謄在買了蘋果麵包的發票上,而我也實在好奇這位秘密詩人會怎麼回覆。

圖書館在課後會留下的人本來就屈指可數。我通常知道彼此,卻不認得彼此;因為我們也總是把臉埋在書裡。但當

我把一張張的發票，夾進書裡時，我卻感覺那天好像圖書館的視線都緊緊地聚在我的手上。

那天一直等到七點晚飯時間，仍沒人去動那些詩集。於是，在百無聊賴又怕錯過自己認為最經典的邂逅時分，我不敢離開圖書館半步，只好亦步亦趨地來到雜誌區。

看著一位戴著眼鏡與厚重瀏海的中性男孩，似乎來到了詩集的櫃前。天啊！他左右觀望著，莫非他就是我期待相遇的文青嗎？他似乎發現我在看著他？我只好趕緊拿起左手邊隨便一本籃球雜誌。

隨手翻開一頁，裡頭竟也夾張紙條：「宅男救星　你想

要成為像林書豪的籃球高手嗎？週末球場見　我等你　林書豪的老師上」

　　看到這紙條我簡直額頭快冒三條線……怎麼有人可以這麼「自我感覺良好」，即便邀約時間沒寫清楚，底下還真有人回覆：「下週六見　艋舺喬丹上」。

　　不僅如此，後來我一邊為了躲避他的視線，一邊翻著較少翻閱的書目裡頭，才發現都大有玄機。例如在史記裡，有人問國文問題，竟也有人解答那些國學難題；還有人把自己的相片放在原文小說裡，我正想笑他的可愛行徑時，看到她留下的MSN，才發現竟是室友用網路美女的圖片來徵友。

　　我突然發現到，在課餘時間，大家用紙條在館內進行如讀書會般的交流活動。

　　啪、啪。

　　貌似男孩的那女孩，她拍了拍我的肩膀，詢問這些紙條是我所寫的嗎？
　　我搖了搖頭，因為我們的秘密讀書會才正要開始呢。

都ㄕˋ有鬼——靈異詩

108+

目次

The Answer

讀詩人52　PG1217

 都尸、有鬼
　　——靈異詩

作　者	趙文豪
責任編輯	鄭伊庭
內文排版	連婕妘
封面設計	郭懿萱
指導單位	臺北市政府文化局

出版策劃	釀出版
製作發行	秀威資訊科技股份有限公司
	114 台北市內湖區瑞光路76巷65號1樓
	電話：+886-2-2796-3638　傳真：+886-2-2796-1377
	服務信箱：service@showwe.com.tw
	http://www.showwe.com.tw
郵政劃撥	19563868　戶名：秀威資訊科技股份有限公司
展售門市	國家書店【松江門市】
	104 台北市中山區松江路209號1樓
	電話：+886-2-2518-0207　傳真：+886-2-2518-0778
網路訂購	秀威網路書店：http://www.bodbooks.com.tw
	國家網路書店：http://www.govbooks.com.tw
法律顧問	毛國樑　律師
總經銷	聯合發行股份有限公司
	231新北市新店區寶橋路235巷6弄6號4F
	電話：+886-2-2917-8022　傳真：+886-2-2915-6275

出版日期	2014年10月　BOD一版
定　價	200元

國家圖書館出版品預行編目

都尸、有鬼:靈異詩 / 趙文豪著. -- 一版. -- 臺北市:
釀出版, 2014.10
　面;　公分.
BOD版
ISBN　978-986-5696-34-4 (平裝)

851.486　　　　　　　　　　　103015165

讀者回函卡

感謝您購買本書,為提升服務品質,請填妥以下資料,將讀者回函卡直接寄回或傳真本公司,收到您的寶貴意見後,我們會收藏記錄及檢討,謝謝!
如您需要了解本公司最新出版書目、購書優惠或企劃活動,歡迎您上網查詢或下載相關資料:http:// www.showwe.com.tw

您購買的書名:_____

出生日期:_____年_____月_____日

學歷:□高中 (含) 以下　　□大專　　□研究所 (含) 以上

職業:□製造業　□金融業　□資訊業　□軍警　□傳播業　□自由業
　　　□服務業　□公務員　□教職　　□學生　□家管　　□其它_____

購書地點:□網路書店　□實體書店　□書展　□郵購　□贈閱　□其他

您從何得知本書的消息?

　□網路書店　□實體書店　□網路搜尋　□電子報　□書訊　□雜誌
　□傳播媒體　□親友推薦　□網站推薦　□部落格　□其他_____

您對本書的評價:(請填代號　1.非常滿意　2.滿意　3.尚可　4.再改進)

　封面設計____　版面編排____　內容____　文/譯筆____　價格____

讀完書後您覺得:

　□很有收穫　□有收穫　□收穫不多　□沒收穫

對我們的建議:_____

_____

_____

_____

11466
台北市內湖區瑞光路 76 巷 65 號 1 樓

秀威資訊科技股份有限公司　　　收

BOD 數位出版事業部

....

（請沿線對折寄回，謝謝！）

姓　　名：＿＿＿＿＿＿＿＿＿　年齡：＿＿＿＿＿　性別：□女　□男

郵遞區號：□□□□□

地　　址：＿＿＿＿＿＿＿＿＿＿＿＿＿＿＿＿＿＿＿＿＿＿

聯絡電話：(日) ＿＿＿＿＿＿＿＿＿＿＿　(夜) ＿＿＿＿＿＿＿＿＿＿＿

E-mail：＿＿＿＿＿＿＿＿＿＿＿＿＿＿＿＿＿＿＿＿＿＿